KB070966

꽃샘바람

청옥 우덕호 시집

시윈
도서출판

오랜 습작길을 거친 대학 2년 때 모 시 전문 월간지에 1회 추천을 받고 아득한 성좌 그 먼 길 시인의 길을 가려 했으나 비바람 세찬 광야의 세월을 견디지 못하고 일등 시인이 될 꿈을 접어야만 했다.

그 후 긴 세월 변방의 그늘진 곳을 떠돌다 어릴적부터 앓아 온 망막변성증으로 시력을 잃었다.

한동안 앞을 못보는 1급 장애자로 그 형벌 같은 멍에의 사슬을 끊지 못한 채 단단히 뿌리 내린 통증의 질긴 세월 캄캄한 어둠 속을 얼마나 헤매었던가.

그러나 짧은 생을 살다 갈 우주의 한 일원으로 정체성마저 저버리고 무너질 순 없었다.

다시 무거운 걸음의 혈흔으로 얼룩진 에움길 그저 묵묵히 새벽 불빛 향해 열병 앓으며 써 왔다.

아득한 성좌 그 먼 길을 얼마나 걸어왔을까.

이제 한 권의 시집을 세상에 내보인다.

격려와 성원을 아끼지 않았던 지인들과 해설해 주신 김송배 선생께 감사 드린다.

2018년 10월

청옥 우 덕 호

| 차 례 |

제2부 그대 눈물 적신 자리에 아름다운 꽃 피어있다

| 차 례 |

제3부 오늘도 푸르게푸르게 일구는 내 삶의 작은 영토

제4부 다시 맞이할 새봄 향해 기다림의 발끝 세운다

제1부

부스스 잠 깬 햇살 불러
마알간 울음 터뜨린다

봄의 어귀

저기 누군가가
3월이 부려놓은 잔설 따라
한 걸음 또 한 걸음
꽃 피는 마을로 가고

그 마을에는
기다림을 배우던 산수유가
부스스 잠 깬 햇살 불러
마알간 울음 터뜨린다.

초봄, 그 문장

언젠가
백지로 보낸 언약
땅 속 깊은 어둠 헤쳐
꿈을 좇아 파릇 돋아날 때

맨발 시린
어린 동박새 울음
피톨 돋은 목련나무
우듬지에 걸렸는데

쪽문 연
금빛햇살 한 줄기
마당가 부스스 잠 깬
여린 수선화 보듬고

눈 뜬
꽃망울들의 해맑은 수다가
자꾸만 칭얼대는
하늘빛을 닦아낸다.

꽃샘바람

조용히 기지개를 켠 나무들이
가지마다 금빛햇살 불러들일 즈음

눈 뜬 꽃망울들의 해맑은 수다가
안으로만 삭힌 통증의 그 시간들
인내해 견딘 날의 어둠을 지운다

그 시샘일까
푸른 살 오르는 들판을 건너와
우듬지에 걸려 융융 대는 바람이
피톨 돋은 온몸 할퀴고 지나간다

세찬 바람의 등쌀에
화들짝 놀란 여린 풀꽃들도
반짝이던 아침이슬 털어낸 채
부르르 진저리를 친다

아, 봄은 그렇게 오는가 보다
지금 오랜 기다림 끝에 가지런히 피어난 꽃들이
남루를 벗고 맑게 갠 하늘 아래
환한 웃음 펼치고 있다.

입춘 무렵

언제였나
강 건너 새들 떠나고 난 뒤

작은 돌 틈 사이 잦아든 강물이
뜨겁게 살 부빌 바다를 향해
흐르는 듯 흐르는 듯 언 몸 녹이는데

오랜 잠에서 깨었는지
기다림 저편 피톨 돋우던 나무들이
이따금 산허리에 부딪는 바람 앞에
겨운 듯 겨운 듯 몸 사래 치고

잔설 속 홍매화 처음 꽃잎
다가와 파닥이는 햇살 한줌 껴안고
사르르 몸살을 앓는다.

봄, 그 꿈길

대지를 깨우는 나직한 함성
그건 눈 뜬 길섶에서 들리는
쑥 씀바귀 애기똥풀 민들레 제비꽃
온갖 풀꽃들의 꿈꾸는 소리지

지난 가을 어둠 속 백지로 보냈던
환한 꿈길로 돌아와 파닥이는
가슴 가득 차오르는 푸른 언약이지

길고 긴 어두운 시간을 견뎌
파릇 돋아난 새싹들이
그늘진 날의 남루를 벗기는데

칼바람 쓸고 간 들을 건너와
여린 숨결 할퀴던 꽃샘추위도
금빛 햇살속으로 숨어들고

지금 꿈길 그 길섶에
숱한 연두색 풀꽃들이
저마다의 잎과 꽃을 피우기 위해
아우성치고 있다.

봄비

엊그젯밤 누군가
살그머니 다가와
밤새도록
어둠 낀 창밖 나직이
긴 날의 가난한 잠 깨웠지
이제 일어나야지
그만 일어나야지
그렇게 소곤대면서
다녀간 흔적일까
하얀 울음 꽃잎 몇
마당가에 남겼네

저지난밤 누군가
소리 없이 찾아와
밤새 꼬박
어두운 바깥 조용히
남루한 시간의 잠 일으켰지
이제 깨어나야지
그만 깨어나야지
그렇게 속삭이면서
왔다간 흔적일까

노란 입술 꽃잎 몇
뜰 안에 남겼네.

3월에 쓴 문장

깊은 침묵 속
꿈의 싹들이 몰래 키를 키워
아득한 시간의 잠 깨운다

긴 어둠의 강 건너던
툰드라의 모진 바람도
이제 그 울음 그치려는지
잠 깬 산허리에 부딪쳐 돌아 눕는다

언제부터인가
주먹 불끈 쥔 채 걸어온
오직 오체투지로 견딘 날들
그 아린 흔적을 지우며
느슨해진 경계를 허문다

꽃샘바람인가
빈 가지 끝 꽃망울
부르르 진저리를 치는데
잔설 속 밀어올린
수선화 여린 꽃대가
사르르 몸살을 앓는다

저길 보아라
백지로 보낸 언약 새벽을 연 길
햇살 한 움큼 불러들인 나무들이
야윈 몸을 부풀리고 있다.

바람의 계절 그 뒤

긴 겨울의 끝자락
먹이 찾아 헤매는 굶주린 야수처럼
그토록 매섭게 포효하던 바람도
어느덧 마지막 고개를 넘어갈 즈음

지난가을 상여로 간 기약일까
캄캄한 땅속 깊은 곳에서
얼굴 내민 새싹의 계절
키질 하던 바람을 생각하네

한겨울 깊은 잠속에 빠져버린
맥없이 무너져 내린 참된 삶의 의식
그 허물어진 경계 곧추세우려
바람은 수많은 날 소리 높여
그토록 세차게 불어댔던가

혹독한 바람 속에
잠든 의식은 화들짝 눈을 떴고
인내해 견뎌야만 했던
어둠의 시간 뿌리 내리던 통증은
겨울바람 속으로 묻혀져 갔지

남루한 시간의 잠은
맵찬 바람 속에 깨어났고
마침내 눈부신 새날을 열었지

저기를 보라
그 바람 속에
내밀한 숨결로 빚은 새봄이
환한 꽃등 밝히고 있는 것을.

수선화, 그 여린 몸짓을 보며

긴 어둠의 시간 속 남기고 간
그 묵언의 약속 지키려나

바람 잔 어느 날 수줍은 햇살 한켠
살며시 고개 처민 너를 본다

그건 무언가를 향해 뒤척이던
오랜 기다림의 몸짓 아닐까

이제 얼마 뒤 칼바람 지나간 자리에
꽃대를 밀어 올려 나직한 울음 흘리겠지

그 울음 천지간 번져갈 때
내 시린 가슴에도 꽃물이 들고

지난 언젠가 가뭇없이 떠난
그 환한 봄이 찾아오겠지.

봄비 내리는 길

봄비 촉촉이 내리는 길
소곤소곤 이야기소리 들리네

그건 잠 깬 길섶에서 들려오는
쑥 씀바귀 제비꽃 애기똥풀 민들레
온갖 풀꽃들의 꿈꾸는 소리지요

땅속 길고 긴 어둠을 헤쳐
자랑처럼 돋아난 여린 풀꽃들이
파릇한 꿈 키우는 소리지요

대지를 적시는 봄비가
지난 가을 깊은 잠속에 빠졌던
푸른 꿈들을 깨우는 소리지요

눈바람 혹독한 날들을 견뎌
돋아난 숱한 연두색 풀꽃들을
저마다의 향기로 꽃피우기 위해
지금 봄비가 내리고 있네.

눈 뜨는 산 2

아직 잔설의 적요
고개를 넘지 못한 바람이
햇살 수줍은 위쪽으로
가쁜 숨결 자꾸
돋는 풀꽃들의 등을 민다.

봄날이 간다

언제 찾아왔나 도랑가 버들가지

아이들 환한 웃음꽃처럼 피어나고

청보리 몸서리 친 종달새 꿈길 너머

진달래 울음 따라 그리움 번져갈 때

철쭉꽃 미소 띤 산길로 접어들면

굽이굽이 적시는 찔레꽃 하얀 울음

흐득흐득 지는 꽃잎 가는 봄 서러워

산그늘 숨어 우는 접동새 목쉰 사연.

봄의 계단

저기 새살 돋는 금빛 어귀
아직 잠이 덜 깬 햇살이 부스스
연초록 새싹 위에 졸음을 털어내고
낮게 끌어내린 하늘로 포르르
새 한 마리 꿈을 좇아 날아간다
긴 어둠을 건너온
그 어린 새의 맨발이 눈물겹다
신새벽길 달려와
아우성치며 돋아난 풀꽃들이
영롱한 이슬 맺힌 아침을 맞는다
꽃샘바람이었나
날 선 바람의 등에 업혀
마른 가지 끝에 매단 꽃눈들
꽃잎 펼친 목련꽃 가쁜 숨결 위에
저마다 마알간 울음을 뱉어낸다
지금쯤 칼바람 쓸고 간 빈들에
죽은 모든 목숨들이 살아
새로운 이념의 날을 세우고
내 영혼의 갈대숲에도
키 자란 싹들이
푸른 꿈 키우고 있을 게다

얼마 안 있으면
진달래 철쭉꽃이 다투어 피어나
산기슭 산자락 흠뻑 적시고
산벚나무 꽃잎 떨군 자리에는
찔레꽃 하얗게 울을 터뜨려
소쩍새 떠날갈 때 뿌려주겠지
깊은 침묵의 길 걸어
지금 여기까지 온 시간들이
단단한 어둠의 껍질을 깨고
눈부신 새날을 환하게 밝힌다.

눈부신 바다

왜바람 뒤엉킨 해변을 향해
몇 날이고 몇 날이고
목쉰 울음 토해내던 바다가
긴 뒤척임 끝에 맞이한 금빛햇살 속
마침내 골 패인 주름살을 편다

이제 또다시 바다는
푸르게 속살대는 언어들을 껴안고
출렁이는 물결 속에 은빛날개 퍼덕인다

꿈을 좇아가는 걸까
파도 잔잔히 부서지는 모래톱에
다단조의 울음 던지던 갈매기 몇
출항하는 원양선 뒤를 따라
어디론가 훨훨 날갯짓 하는데

저기 눈길 닿은 갯바위 옆
자맥질하다 가쁜 숨 고르는 해녀가
그물 놓고 오는 고깃배가 일으킨
하얀 물보라를 물끄러미 바라보다
이내 깊은 바다 속으로 몸을 숨긴다

멀리 등대 너머 울릉도 가는 배가
수평선 가물히 고동소리 뱉어내고
어디서 오는 연락선인지
오랜 항해의 고단함 때문일까
나른한 오후의 항구에 안도하듯
입항의 뱃고동 나직이 부려 놓는다

저 끊임없이 펼치는 항해 속에
우리들 환한 삶이 녹아 흐르는
아, 동해 눈부신 바다여
지금 그 바닷가에 내가 서 있다.

봄날에 핀 꽃들처럼

언제였나
백지로 간 푸른 언약
혹독한 어둠의 강을 건너
천지간 파릇 꿈처럼 돋아나고

저기
칼바람 쓸고 간 허허로운 뜰
한 줄기 금빛햇살 내려앉아
고개 처민 풀꽃 보듬을 때

가지마다 눈 뜬
꽃망울들의 해밝은 수다가
안으로만 삭힌
그 통증의 아린 기억을 지운다

보아라
길고 긴 어두운 시간을 인내한
오랜 아픔 견뎌 활짝 피어난
아름다운 꽃들의 환한 웃음을

이 봄 우리도

그늘진 날의 남루를 벗고
참된 삶의 꽃 환하게 피워보자
저 눈부시게 핀 꽃들처럼.

오십천 하구에 내리는 봄

강물은 잠 깬 햇살을 품고
바다 가까이 닿고 있었다

뜨겁게 살 부빌 바다가 보냈는지
갈매기 몇 날아와 마중 하듯 끼룩대고
봄의 기별에 찾아온 숭어떼가
수면 위로 솟아 은빛비늘 번뜩인다

한 줄기 미풍이 스치는 강가
지난가을 돌 틈 사이 잦아든 물은
어느덧 헐렁해져 나직이 몸을 풀고
풀꽃 자라는 방죽엔
언제 왔는지, 물총새 한 마리
꿈꾸듯 해맑은 울음 뱉는다

이제 얼마 뒤엔
쪽빛하늘 인 장미공원에도
만발한 꽃들이 향기를 내뿜고
내 시린 가슴에도 꽃물이 들겠지

그땐 그대에게 흐르는

그리움의 사연 꽃잎에 적어
강물 위에 띄워 보내리
그러면 강물이 바다에 가 닿듯
내 눈물 그렁한 마음
그대에게 닿으리라.

찔레꽃, 그 노래

이제 그만 나를 건드리지 마세요

가시 돋친 여린 이 몸
견딘 세월의 아픔 때문인지도 모르겠어요
마알간 이 티 없는 울음이
그 서러움의 끝인지도 모르겠어요
산그늘 드리워진 얕은 언덕 아래
그저 슬픔 고인 나직한 이 울음이…

이렇게 볕 좋은 날
미구에 올 이별은 생각지 않아
저 푸르게 끌어내린 하늘에
먼 길 가는 구름 한 점 불러
어젯밤 눈시울이 젖어 있던
쪽문 연 야윈 별 이야기 들려주고
골골마다 이어지는
뻐꾹새 우는 소리에 귀 기울이기도 하고…

누군가가 혹
그리움의 재 너머 나를 찾아와
가뭇없이 떠나가 버린

속절 없는 사랑 앞에 고개 떨굴 때
내 흐득흐득 지는 꽃잎으로 위로해 주리라
이별 또한 지울 수 없는 사랑이라며…

아! 찔레꽃 잔잔한 노래여.

유모차 할빠
― 닳아지는 삶

어디선가 불어온 한 줄기 바람이
만개한 벚꽃 흩뿌리며 길을 묻는
아파트단지 내 한적한 좁은 길
윤기 없는 푸석한 얼굴의
엊그제 예순을 갓 넘긴 할빠가
느릿느릿 유모차가 밀고 있다

오늘은 어디로 가야 할까
긴 궁리 끝 생각해낸 듯
멀리 후문 쪽 놀이터를 향해
굽혔던 허리 곧추세운다

평생 가족을 위해 힘써 일하다
얼마 전 사고로 다리를 저는 그가
삶의 무게가 무척이나 버거운지
키 낮은 유모차를 꽉 붙든 채
무거운 걸음 멈춰선 길 위에
신음 같은 한숨 뱉어놓는다

몇 해 전 암병으로 고생하다
먼저 세상 떠난 아내를 대신해

궁핍한 살림 알뜰히 꾸려가며
아침 일찍 바깥일 나가는 며느리
돌아올 시간 아직도 멀었는데
비라도 내리려나
잔뜩 찌푸린 봄날 지겨운 하루
더디게 가는 시간 어찌 달래야하나

세상 누구와도 바꿀 수 없는
하나뿐인 손자를 태운 유모차가
어깨 처진 할빠의 남은 생을
힘겹게 끌고 간다.

슬픈 공복

어디선가 불어온 바람 한 줄기
모래 씹듯 먹다 만 닫힌 도시락 위로
만개한 벚꽃 몇 잎 흩뿌린다

끝내 선택 받지 못한 인력사무소에서
걸어서 십 분인 꽃 핀 낮은 산인데
내려다본 황사 낀 뿌연 도시가
멀어진 세상과의 거리만큼 아득하다

며칠 전부터 감기 몸살로 앓아 누운
변두리 단칸셋방 쓸쓸히 지키고 있을
궁핍한 삶에 찌든 아내의 야윈 얼굴이
긴 기다림 끝 하늘로 키를 세운
풀꽃들의 찬연한 몸짓 망연히 바라보는
두 눈의 초점 끝에 슬픔으로 어린다

어디선가 또다시 불어온 바람이
시린 4월의 한기로 옷깃을 헤집는데
막막한 하루가 섬처럼 느껴지던
그렇게 흘려보낸 시간이 얼마일까

내일도 화창한 봄날이려나
무너져내린 하루를 달래주듯
도심 저편 산마루에 붉게 타던 노을이
삶의 환한 꽃 피우던 기억 더듬으며
산길을 내려오는 의족의 걸음 위에
어느덧 땅거미로 내려앉는다.

꿈

마음에
반짝이는 별 하나

그건
언제나 품을 수 있는

지금은
보이지 않는

어딘가 있을
새벽 먼 불빛.

제2부

그대 눈물 적신 자리에
아름다운 꽃 피어있다

우기雨期

젖은 하늘 끝없이 비는 내려
마음 가득 번진 지루한 우울

우수는 깃발처럼 나부끼고
울음 잃고 길 찾는 새 한 마리

오늘도 하염없이 비 내리고
언제 개이려나 어두운 나날

지난밤 잠깐 사이 비 그친 뒤
먹구름 머금은 흐린 별 하나

고개 떨군 봉선화 꽃잎 속에
그리움으로 새긴 한 줄기 빛.

푸른 산길

찔레꽃 울음 흘리는 산길
꽃 진자리 열매 매단 개복숭아나무가
아까시나무에 비스듬히 기댄 채
치렁한 햇살 불러 길섶 밝히고 있다

바람 나직이 일 때마다
꽃피운 아까시향기에 취한 듯
시샘하는 산새 울음 아랑곳 않고
애인처럼 살며 몸을 부빈다

산딸기 붉게 물든 고즈넉한
언젠가 그대 같이 꿈꾸던 길
저린 듯 파닥이는 그리움 하나
산비둘기 외로운 울음이 되어
고요로운 산길 흠뻑 적신다

끊어질 듯 이어지는
뻐꾹새 울음 섞는 그윽한 숲
잎새 푸른 키 큰 나무들 사이
머루 다래덩굴 헤집어 오르고
풀벌레 몇 가만히 눈을 뜬다

아, 나무들 푸르구나
정겨워라 정겨워라 푸른 산길.

그 해 여름

그 해 여름은
무서운 화마처럼 불타고 있었지

하늘에서는
오직 태양의 열기만 쏟아져 내려
온통 세상을 들끓게 하였지

푸른 꿈 키우던
나무들의 고른 잎새와
다알리아 화사한 꽃잎 마저
조여드는 숨 막힘에 비실거렸고
곳곳마다 땀 범벅 되어
단지 소금꽃만 끈적이고 있었지

그러나 그 암담한 숨 막힘도
결코 나를 가둘 순 없었어
그래서 소리쳐
바람과 소낙비를 불러
스스로 서늘한 그늘 드리우고
꽃잎 펼쳐 천지간 수 놓았지

그래, 그렇지
푸른 계절의 고운 꿈은
내 안에서 키우고 자라는 법

그렇듯 마을 다잡다보면
다시 맞이할 여름은
파도 넘실대는 쪽빛바다와
계곡물 청아한 숲이 아닐까.

저 민들레꽃처럼

햇볕 따사로운 어느 봄날
화사한 꽃들의 유혹 때문일까
마음이 길을 열어 집을 나서는데

좁은 골목길 콘크리트바닥
하수구 맨홀 옆 실금 간 그 곳
어디서 흰머리 풀고 날아왔는지
얼굴 내민 한 송이 민들레꽃

오로지 먼지뿐인 곳에
마디마디 시린 통증의 세월
그 눈보라치는 혹독한 날 견뎌
저렇게 예쁜 꽃 피우다니

내일 아침에는 밤새 꽃잎에 머금은 이슬방울
환한 햇살 속 영롱히 반짝이리라

진정 우리들 참된 삶도
깊디깊은 절망의 뿌리 자란
그 척박한 곳 어디에서라도
고운 꽃 피워내는 게 아닐까

저 눈부신 민들레꽃처럼.

빈집

인적 없는 길가 빈집
허물어진 바람벽을 디디며
소낙비 피할 곳을 찾는다
한쪽으로 기운 회색추녀에는
거미줄 뒤엉킨 서까래가
구멍 숭숭 뚫린 지붕 떠받치며
무거운 세월을 지탱하고 있다

빈자리 키우는 날들을
무너지지 않고 버티는 것은
아직 남은 기다림이 있다는 걸까

개망초 흐드러진 마당가
어느 멧새가 옮겨다 심었는지
활짝 꽃피운 해바라기 한 그루
어딘가를 향해 키를 세우고
두 팔 다 꺾인 늙은 살구나무가
누구를 기다리고 있는지
담장 너머 소나기 지나간 길을
목을 빼 바라다보고 있다.

등나무 푸른 그늘에 앉아

너는 하늘을 향해 햇살과 별빛을 품었고
밤이슬에 젖은 채 줄기를 뻗어 올렸지

어느덧 잎은 영역을 넓히고
새들 날아와 푸름을 노래 하네

삶에 지친 사람들이 찾아와
잠시 그 무게 내려놓고 싶을 때
그들 고단한 마음과 어깨 위에
온몸 펼쳐 휴식의 그늘 되었네

그러면 사람마다 환한 얼굴
세상 어두운 그림자 모두 지우네

이렇게 볕 따가운 날
푸르게 연 네 그늘에 앉아
지치고 고단한 몸 달래노라면
깊은 고마움 가눌 길 없어라
그때 또다시 살 오르는
내일을 향한 푸른 꿈.

무더운 밤

열대야의 기승에
정신을 놓았는지
앵앵대던 모기들이
비실비실 날개 접고
독한 향불보다 진한
땀 냄새를 맡고 있다
이 숨막히는 여름밤
결국은 사람들 때문이다
지구 온난화를 자초한…
모기들아 물어라 물어.

선생님

갓 입학한 초등학교 일 학년 때
한 친구가 육성회비를 잃어버렸다

한바탕 큰 소동이 벌어진 뒤
내가 잘못 가르쳤다며
반장을 시켜 자기 종아리를 치시던
훔친 친구가 눈물로 잘못을 빌고
일 번에서 육십 번까지
우리 모두를 엉엉 울게 했던
그 가르침이 진정한 교훈이 된
우리들 가슴속 지워지지 않는
영원한 별이 되신 임원식 선생님

지금은 어디에 살고 계신지요
혹여 하늘나라 별이 되신 건가요
아! 보고 싶은 선생님.

정동진에서

누군가의 꿈과 사랑이
추억처럼 묻어나고 묻혀 있을 정동진
오늘 내가 그곳에 서 있다
언제였던가
그 해 여름도 꼬리를 감춘
북쪽 하늘로 날아가는
새들의 발자국 늘어갈 무렵
모래시계를 뜨겁게 달구던 그 여름의 시간들이
썰물처럼 빠져나간 백사장 한켠
불현듯 찾아온 낯선 그림자 하나
수평선 넘어 떨어지는
붉은 노을 때문이었을까
파도 위에 뒤척이는
왠지 모를 외로움 때문이었을까
나직한 바람결에 까닭 모를 서러움
부표처럼 띄우고 있었지
그 후 세월 흐른 뒤
이젠 낯선 그림자가 아니라
마음 닿는 곳이어서 여기 선 것이리라
그 꿈의 바다를 얼마나 건넜을까
지금은

푸른 파도의 목울음 남겨둔 채
떠나야 할 시간
바다열차가 별빛 한아름 싣고 와 부려놓고
떠날 사람과 남을 사람 서로 손을 흔든다
만남과 헤어짐이 교차하고
우리들 삶의 애환이 녹아 흐르는
아, 정동진.

저수지

키 큰 미루나무 몇 조는 한낮
나른한 고요가 수면 위로 흐르는데
앞산을 넘어온 한 줄기 바람이
물 속 깊이 가라앉은 아픔을 들춘다

하늘을 인 높은 둑 너머
파도 출렁이는 바다를 향해
푸르게푸르게 흐르고 싶은

물풀들은 알고 있겠지
끓어오르는 속 꾹꾹 눌러가며
이렇게 갇혀 지낸다는 것이
얼마나 무거운 형벌인지를

하지만 스스로 위로도 해보겠지
여태껏 저들을 키운 건
오랜 서러움과 시름을 견뎌 온
그 인고의 날들이었으니까

때론 참 외롭고 쓸쓸했을 거야
그럴 땐 누군가에게 기대기도 하고

포근히 안기고도 싶었겠지
그래서 양떼구름과 어울리기도 하고
빗방울 불러 숨바꼭질도 했지

그러나 오늘도 꿈꾸고 있으리라
둑 너머 넓은 세상을 향해
푸른 강줄기 되어 흐르는.

강물

막 산허리를 돌아 당도한 걸음
쉬지 않고 앞만 보고 내달아 온 길
그 숨찬 행보가 잠시 숨을 고른다
언제쯤 바다에 닿을 수 있을까
지나온 길 뒤돌아다보면
굽이굽이 흘러온 울음 낀 자리마다
깊은 상처 하나씩 도드라져 있다
물속에 시퍼런 멍들이
앙금처럼 가라앉아 있고
세월의 마디마디에 찍힌 혈흔들
물 위에 둥둥 떠 흘러간다
반짝이는 은빛 물결 속에도
날카로운 가시가 돋는가 보다
물풀처럼 자란 생채기 하나
물 밑에서 오만하게 눈을 뜨고
외마디 비명소리 물길 위에 시리다
소리 내어 다다른 여울목엔
오뉴월 은어떼 뛰놀던 숨결 따라
가풀막을 오르던 연어들의 숨소리
갈대들은 키를 하늘로 세우고
물새 몇 울음소리 물살을 가른다

그러고 보니 그 길
밤마다 별이 뜨고 달빛이 내리고
강가엔 물풀들이 무성히 자라는
푸른 꿈 서려있는 길이었구나
아, 그렇게 모두 품어 흘러왔구나
이제 얼마나 남았을까
어느덧 그 바람은 긴 여정 끝에 가닿고
오랜 꿈이 마지막 불꽃을 사른다.

빈터

스스로 버려져 있는가
접근 금지라는 녹슨 푯말이
가둔 세월을 지키고 있는 빈터

꽃 한 송이, 나무 한 그루 없고
작은 새 한 마리 깃들지 않는
키 자란 잡초들만 무성한 곳

어둠 짙게 낀 거기에는
이끼로 돋은 그늘진 시간들이
웃음 끊어진 날들의 길을 묻는데
안개 속 같은 흐린 하루하루가
뿌연 물때처럼 밀려와 썰물 진다

그러나 이 아름다운 세상
하늘은 어제도 오늘도
햇볕과 바람 단비를 주지 않는가

거기 구석진 데를 보라
어디서 훌훌 날아왔는지
잡풀 뒤엉킨 틈을 비집고

노란민들레가 꽃을 피워
천지간 환하게 밝히고 있는 것을

얼마나 빛나는 삶의 여정인가
너와 나 우리 모두의 삶도
척박한 땅 그 어디에서라도
뿌리를 내리는 저 민들레처럼
그렇게 꽃피워야 하리라

내일을 향해 푸르게 꿈꾸는
희망의 길은 언제나 열려 있다.

감자를 캐며

하지 무렵
흰 수건 머리에 두른 어머니가
뒷산 비알밭에서 감자를 캔다
무딘 호미날이 지날 때마다
툭툭 불거져 나오는 감자들이
쏟아지는 햇살 앞에 진저리치며
여름 한낮 푸르게 길을 놓는다
정수리에 들끓는 뙤약볕
검게 그을린 주름진 이마 위에
땀으로 송골송골 맺히다
어느새 야윈 등줄기를 타고
비 오듯 줄줄 흘러내린다
시간이 얼마나 흘렀을까
바작바작 타는 목마름에 겨워
밭가 뻐꾸기 우는 뽕나무 그늘 아래
가져다놓은 물병 들이켜는데
조을 듯 스치는 허기진 바람 한 점
땀 밴 저고리 그 옷깃에 머물다
서산 노을 속으로 사위어간다
해넘이 감자밭, 어머니 뒤를 따라
고랑에 수북 부려놓은 감자들을

바구니 가득 주워담을 때
문득 밀물 지는 깊은 깨달음 하나
저 감자들을 키운 건
비바람, 가뭄 견딘 땅이 아니라
어머니 굵은 땀방울이라는 것을.

잡초

― 아름다운 꽃

빛나는 삶의 길이었다
누군가에게
환한 등불로 켜지던 뜨거운 몸짓이었다
이제 꿈꾸던 시절은 수척한 얼굴로
먼 바람길 떠나고
고개 너머 흐린 불빛사이로
제 긴 그림자 던지는
그대 잡초
하늘 끝으로 치닫던 맑은 눈빛 거두며
삭정이로 몸져눕는데
그 무덤 위에 핀 속내는
쓰디쓴 눈물이었다
뼛속까지 저리는 아픔이었다
눈길 한 번 주지 않고 짓밟힌
그저 안으로 안으로만 삼킨 설움
그 단단한 어둠의 껍질을 깨고
진정 그대 아닌 누군가
어느 봄날
금빛비늘 털며 잘게 부서지던 햇살 속에
그 여름 밤
은하강 건너던 별들의 잔치 마당에

푸른 꿈 키워 본 적 있었던가
지금 계절의 의식은 엄숙히 치러지고
그대 눈물 적신 자리에
아름다운 삶의 꽃 눈부시게 피어있다.

휴양림 기행

지루한 장마의 끝
짜증처럼 다가온 무더위를 피해
반복되는 무료한 일상을 짐처럼 꾸려
가까운 휴양림을 찾아 여장을 푼다

깊은 계곡 따라 숲을 이룬 곳
사방을 둘러본 시간이 얼마일까
어느덧 첫별 뜨는대로 날이 저물고
울음 그친 산새 몇 둥지를 찾는데
산 그림자 밴 계류에는
달빛 품은 목어들이 물결을 이룬다

그 어둑한 곳 주위를 살펴보면
적막을 쓰다듬는 고즈넉한 풍경
홀로 더듬는 여정이지만
번뜩이는 자유가 가슴을 파고든다

또 하루가 산속에 문을 닫고
고요 흐르는 방갈로 속 불빛이
휴식의 내 그림자 위에 일렁일 때
초롱한 별 무리 숲을 적시고

바람 잦아든 그 숲은
잎새마다 푸르른 꿈 잠재운다

금빛햇살 수런대는 아침이 오고
날갯짓하는 새들의 지저귐
풀잎에 맺힌 반짝이는 이슬방울
떠나온 걸음 고단함 떨쳐버리면
또다시 설레이며 마주한 생명의 숲

그렇게 보낸 짧은 여정의 끝
집으로 돌아오는 가벼운 걸음 속엔
마치 푸른 숲처럼 환한 내일이
살아 숨쉬고 있었다.

만조滿潮

푸르게 물결치던 파도의 목울음이
촛대바위 흐린 풍경 속으로 잠겨들 즈음
묵은 먼지들을 훌훌 털어내고 싶어
증산리 바닷가에 나가 본다
좀체 열리지 않을 것 같은
암회색 하늘의 무게가 버거웠나
바다는 잔잔히 부서지던 은빛 날개를 접고
야수의 울음 백사장 가득 적시는데
모래톱에 포말지는 목쉰 울음 파도 위에
갈매기 몇 다단조의 울음 섞고 있다
범람하는 쓸쓸함이 외로움에 가 닿고
외로움이 먼 기억을 부르는 걸까
문득 숨어 있던 아픔 하나 파문을 그린다
먼 길 가다 돌아와 눕는 파도처럼…
언젠가 이맘 때였지
소금기 질기게 달라붙던 여름도 지나고
파도가 그 흔적들을 지우고 있을 무렵
바다가 맺어준 만남이었던가
우리 사랑은 그렇게 시작되고
손금처럼 닳아가는 숱한 날들을
얼마나 그리움의 못질을 했던가

이젠 그 절절했던 사랑도 속절없이 가고
썰물처럼 빠져나간 자리엔
왠지 모를 슬픔이 밀물같이 차오른다
지금쯤 떠나간 그 사랑은
어느 변방의 바닷가 그늘진 곳에서
불면의 밤을 밝히고 있지나 않을는지
진실로 불러 모으던 언약들을
영원히 지워지지 않을 문신처럼 새기면서…
길게 꼬리를 무는 생각들이
세월의 바다를 얼마나 흘러갔을까
보이지 않는 갈매기들의 행방을 좇아
와우산 그림자가 어스름으로 내려앉은 바닷가에
백 년 같은 하루의 발자국을 남긴다.

강물은 보람으로 흐른다

오랜 시간 굽이돌아 당도한 여긴
긴 산그늘 녹아 흐른
허리 꺾은 갈대들의 울음 잠든 곳
잠시 쉬어가려는지, 가쁜 숨을 고른다
이제 조금 더 가면
뜨겁게 살 부빌 바다에 닿겠지
오직 앞만 보고 내달은 걸음
그 흘러온 길 뒤돌아다보면
진정 가슴 벅찬 보람의 여정이었지
어느 깊은 계곡 샘물로 솟아
적막 두른 산자락 흠뻑 적시는
징검돌 발 담근 개울이었다가
재잘재잘 여울지는 시내였다가
은빛비늘 번뜩이며 참방 대던
꼬리치는 은어 떼의 숨결이었다가
쪽빛하늘 머금은
키 자란 물풀들의 자랑이었다가
저녁노을 곱게 물든 순한 마을
그 앞을 지나는 정겨움이었다가
뙤약볕 소낙비처럼 쏟아지는 여름날
고기 잡는 아이들의 기쁨이었다가

세월 지킨 키 큰 나무들이 숨쉬는
고단한 사람들의 휴식처였다가
수만 리 고향 찾아 가풀막을 오르는
숨찬 연어들의 젖줄이었다가
늦은 가을 갈대숲에 서성이다
바람의 등에 업혀 떠나는
물총새의 그림자 어리는 곳이었다가
저무는 날 먼 여행에서 돌아온
새들의 따스한 보금자리였다가
아, 강물은 그렇게 보람으로 흐른다.

도경역에서

이젠 돌아올 수 없는 시간의
옛 기억 더듬어 찾아온 도경역
산 굽이돌아 당도한 그 곳
먼지 켜켜이 쌓인 허름한 대합실엔
벌어진 문틈 사이로 이따금
낯 익은 손님처럼 드나드는 바람만
무임승차를 기다리고 있다
빛 바랜 벽에는 언제부터인지
시간을 멈춘 고장 난 시계가
낡은 의자 몇 놓여있는 바닥을
흐린눈으로 내려다본다
언제였던가, 뒤돌아보면 긴 세월
분주한 삶의 기척이 새벽을 열어
허겁지겁 도착한 도계 장터
어머니도 누이도 허기진 잠을 팔고
저녁별 하나 둘 역사 위로 떠오를 무렵
오래된 비둘기호 때 절은 삼등칸에
지치고 고단한 몸 뉘이던 그 시절이,
청운의 뜻을 품고
통일호 야간열차에 몸을 맡긴 채
푸른 꿈 싣고 서울로 유학 가던 날

배웅 나온 아버지, 공부 열심히 해라
그 한마디 뱉으시고 돌아서는 굽은 등 뒤로
삼십 촉 백열등 불빛이 흔들리던 그때가,
아, 그때 그 시절 모두 다 가고
흘러간 세월만큼 주름진 얼굴
늙은 역무원의 쓸쓸한 빈 웃음이
애써 바람의 표를 찍는다
그러나 꿈과 사랑은 늘 가지런한 것
오늘도 끝없이 길게 뻗은 철길을
쉼 없이 달리는 새마을호 우등열차가
역무원이 흔드는 붉은 깃발 뒤로한 채
기적소리 긴 여운으로 남긴다.

추암리에 비가 내린다

바다가 우수에 젖어있다
저기 파도 부딪치는 촛대바위의
안개 속 비 내리는 풍경이
바닷가 저문 기억을 추억처럼 적신다
목쉰 울음 토해내던 갈매기 한 마리
뒤척이는 파도의 입자들을 쪼아대다
쓸쓸한 바람결에 온몸 내맡긴다
언제였던가
구릿빛 열정으로 들끓던 여름이
어느 날 비가 되어
커피 잔 속 싸늘히 식어갈 때
우리는 말없이
백사장에 찍힌 발자국 지우고 있었지
뜨겁게 타오르던 인연의 끝은
소리 없는 빗물이 되어
바다 속 깊은 곳으로 흐르고 있었지
지금 그날같이 추암리 바닷가에 비가 내린다
끝없이 비가 내린다
아, 이별 또한 놓을 수 없는 사랑이라며
기약 없이 손을 흔든 그날이
어느새 저만치 가고 있다.

우리가 벗이 되어

무심히 흘려보낸 날들이 얼마였을까
세월 가는 줄 모르고 미뤘던 나와의 만남
서둘러 찾았어야 할 커다란 기쁨이었지
그러나 만남 후에 찾아오는 허전함은
너와 나의 울먹이는 표정만을 뒤로한 채
우리의 잡을 수 없는 시간 속으로 묻히지

우리가 가슴 터놓은 잠시의 시간도 가고
기적소리 여운으로 남기는 플랫폼에서
안타까운 작별 속에 두 눈시울 붉어지고
진실로 마음 터놓고 나누던 시간 지난 뒤
아쉬운 듯 경적소리 울리는 터미널에서
코끝 찡한 별사 뱉고 손 흔들며 헤어지네

그토록 환한 시간 언제쯤에 다시 올까
만나자는 기약조차 남기지도 못한 채
삼켜버린 눈물이 고개 숙여 인사하네
이제 우린 가뭇없는 곳으로 떠나야 하고
가눌 길 없는 아쉬움 가슴 깊이 묻어둔 채
또다시 만날 날을 기도하며 기다리네.

제3부

오늘도 푸르게푸르게 일구는
내 삶의 작은 영토

황혼, 그것에 대하여

그건 푸르른 날
강물 굽이돌아 흐른
여울물 소리 잦아든
저무는 강가
강 건너 먼 길 떠나는
새들을 향해
나직이 손 흔드는
그런 갈대이어라

그건 꽃피는 날
소쩍새 울음 흘린
빛 바랜 풀잎 누운
저무는 길섶
깊어가는 가을일수록
은은히 아름다운
흰머리 흩날리는
그런 억새이어라.

저 은어들처럼

휘파람새 총총 날아오른
갈대 몇 손 흔드는 강가
푸른 바다를 향해 굽이치던
회색빛 길게 드리운 강물을
하염없이 바라보는데

저기 눈길 닿은 얕은 곳
여울물 재잘대는 강줄기 따라
은빛 물살 거슬러 오르는
산란 앞둔 치열한 몸짓의 은어떼
그 생명의 불꽃 눈부시다

물풀 자라는 봄 강어귀에
은비늘 반짝이며 뛰놀던,
햇볕 쨍쨍한 무더운 여름날
살 오른 온몸으로 꼬리 치던,
이젠 모두 떠나보낸 그때 그 시절이
시린 물결 되어 흐른다

그러나 마지막 불꽃 사르는
뜨거운 몸짓을 보라

얼마나 참된 삶의 모습인가

저 가풀막 헤치는 은어들을 닮아
아름답게 열매 맺을 내일 향해
오늘도 푸르게푸르게 일구는
내 삶의 작은 영토

바다, 그 저물 무렵

쓸쓸함이 범람하는 허리 휜 백사장
밀려온 파도가 몸을 푸는 모래톱에
아직 잠들지 않은 야윈 햇살이
푸석한 얼굴 포개고 있다
푸른 빛으로 노래하던 해조음은
먼 길 더듬는 바람의 연골에 부딪쳐
거친 파도소리를 뱉어내고
절정을 향해 치닫던 뜨거운 몸짓들
이젠 돌아올 수 없는 기억의 저편에서
부다듯한 시간의 뼈를 줍는데
언제였나
진실한 사랑으로 부르던 노래들도
물때에 부대끼는 흰 거품이 되었다가
모래성처럼 무너져 흩어진다
지금은 출렁이는 꿈을 좇아 퍼덕이던
은빛 날개를 조용히 접을 때
저만치 달아난 꿈꾸던 시간들은
왜바람의 발치 아래 파도로 뒤척이다
시린 가슴속 동굴 하나 만든다
이제 얼마 뒤엔 서릿발 하늘
허공에 꿈 한 점 떨구고 가는 갈매기들

시나브로 짚어가던 저무는 계절은
키질 하는 바람의 울음으로 적시겠지
그러나 꿈은 늘 가지런한 것
멀리 불 켜진 등대 너머
저녁별 하나 반짝 떠오르고
집어등 밝힌 오징어 잡는 배들이
만선의 꿈 바다에 풀어놓는다.

저무는 강가에서

저기 하얀 갈대숲에
서성이는 새들도

바람의 등에 업혀
먼 길 향해 떠나겠지

여울물 재잘대던
정겨운 풍경마저

회색빛 물결 따라
돌 틈 사이 잦아들고

시간은 속절없이
강물처럼 흐르는데

아쉬움 달래려나
물수제비 뜬 팔매질.

들꽃 단상

이른 봄 산책길에 핀 들꽃
그 뜨거운 몸짓 들여다보네
지난겨울 캄캄한 땅속
그렇게 진저리친 날들을 견뎌
이리도 예쁘게 꽃피우다니!
봄을 맞이한 내 꿈꾸는 길에도
이런 어여쁜 꽃 피었을까?

늦은 가을바람 길에 핀 들꽃
그 나직한 울음 바라다보네
지난여름 모진 비바람 속
그렇게 아린 통증의 세월 견뎌
저리도 곱게 피어있다니!
가을을 보내는 내 아쉬운 길에도
저런 고운 꽃 피어있을까?

가을 산

키 자란 나무들이
단풍잎 물들이네

불 지른 천지간에
만산이 타오르고

절정 향한 걸음 속
길게 눕는 산 그림자

머리 푼 억새꽃은
산자락 적시는데

스치는 바람결에
눈시울이 붉어지네.

저무는 산길

들국화 고즈넉 핀 풀잎 누운 길섶
목쉰 듯 나직한 풀벌레 울음소리
뻐꾹새 울던 숲속으로 번져가고

굽이굽이 산 그림자 숨어든 길가
가지런히 줄 세운 키 자란 나무들
아름아름 물들어 산길 적시는데

고개 넘어 불어온 소슬바람 따라
하얀 손 흔드는 억새꽃 이별 길에
나뭇잎 하나 둘 흙빛 울음 던지네

아 이렇게 또 한해가 저물어가고
깊어져 더욱더 아름다운 산길은
또다시 새봄 맞을 채비를 하겠지.

억새꽃, 그 울음을 보며

깊은 가을 굽이진 산길 따라
풀잎 누운 허허로운 길섶
억새꽃 하얀 울음을 본다

저 나직한 울음 속엔
지난한 세월의 흔적 있다는 것을
옷깃을 스치며 산등성을 넘는
바람의 속도로 알 수가 있었고
산 그림자 드리운 구절초 진 길가
조용히 등을 말리는 바위에 낀
빛 바랜 이끼를 보고도 알 수 있었다

그래 지나온 날들 뒤돌아다보면
긴 어둠 헤쳐 고개 처민 이른 봄
남은 잔설 속 시린 바람은
몸서리치게 여린잎 할퀴었고
천둥 속 비바람 몰아치던 여름날
곧추세운 줄기 꺾이지 않은 건
척박한 곳 단단한 뿌리의 힘이었지

그렇게 견딘 세월 얼마이던가

혼신 다해 걸어온 그 에움길
거긴 지금 아름다운 빛으로 부르는
은은한 노랫소리 산자락을 적시고
영롱한 이슬방울 아롱져 반짝이네

산 꿩 푸드득 날아오른 자리
가랑잎 몇 쓸쓸히 나뒹굴고
키 자란 풀꽃들은 스러져 누었는데
아, 그치지 않는 억새꽃 하얀 울음.

갈잎 하나

나뭇잎 마당에
흙빛 울음 던지고

풀잎 위에 갈잎
외롭다며 구르네

지난밤 귀뚜리
잠 못들게 했는데

꿈결엔가 문득
파닥이던 그리움

먼 옛날 헤어진
못잊을 사람이여

울면서 떠나 간
보고픈 얼굴이여

가슴속 외로이
가을은 깊어가고

낙엽은 쓸쓸히
길가에 뒹구는데

저기 날아오른
바람숲 갈잎 하나.

미명未明

지금 누군가
꿈 꿔온 시 한 편 마음 끝에 매달고
오랜 기억의 갈피를 뒤적이고 있다

흐린 기억의 숲에는
언어가 되지 못한 키 자란 풀꽃들이
시린 바람결 삭정이로 눕는다

문득문득 다가서는 글귀 하나 붙들고
뜨거운 시의 길 한 발짝 내딛으면
또 다시 앞을 막는 뜻 모를 쉼표 하나

불면의 길고 긴 체머리 앓으며
숨 가쁘게 달려온 새벽길 굽이마다
끝맺지 못한 문장들이 마침표를 찍는다

흩어진 낱말들 정수리에 주워담아
에돌아 당도한 세월 속 먼 길
주름진 시간들이 혈흔처럼 얼룩진다

아직 멀었는가

눈 뜨지 못한 여명의 해 그림자
깊은 어둠 속에 길을 묻는다

언젠가는 약속처럼 찾아올
기다림의 끝 영혼의 숨결로 빚은
눈부신 언어의 광휘를 향해.

가을 숲을 가다

하늘 투명한 어느 가을날
일상의 묵은 먼지 털어내고 싶어
문득 찾은 백두대간 두타산

나무들 우거진 그윽한 숲엔
어느덧 소슬바람 속 초록을 지운
산벚나무 떡갈나무 단풍나무가
아름다운 자태를 뽐낸다

되돌아다보면
이른 봄 나무들은 꽃샘바람 속
쪽문 연 금빛햇살 불러들여
눈뜬 여린잎 키웠고
비바람 모진 여름날엔
쓰러질 듯 온몸 곧추세웠지,

그렇게 산은 깊어지는가 보다
저기를 보라
소중히 가꾸어야 할 생명의 숲이
지금 눈부신 빛깔로 물들고 있다.

만추

목쉰 바람 한 줄기
떠나는 새들을 등에 업고
회색빛 흐린 강 건너는데

바다를 향해
푸르게 흐르던 강물은
작은 돌 틈 사이로 잦아들고

저희를 키운 건
흘러간 강물
그 푸른 속살이었다며
키 자란 물풀들이 눕네

강가 빈집에는
누군가가 돌아와
쓸쓸히 등불을 밝히고.

가람 뜰에 이는 바람

긴 무더위의 끝자락
며칠째 이는 바람의 연골에 부딪혀
숨 죽였던 가을이 꿈틀거린다

날마다 진저리 친
지독했던 여름의 생채기
채 아물지 않은
그 기진한 날들의 기억을 밟으며
물소리 잦아든 강 뜰을 거니는데

갈대 몇 나직이 울음 흘리는 강가
홀로 서있는 미루나무 가지 끝
늦매미 울음 끊어질 듯 이어지고
강물은 뜨겁게 살 부빌 바다를 향해
초록 지운 나뭇잎 하나 등에 태운다

또 한바탕 이는 바람의 등쌀에
누가 옮겨다 심었는지,
우두커니 오랜 세월 지키고 있는
뜰안 길가 키 큰 갈참나무가
아직 덜 익은 열매들을

툭 투둑 땅위에 부려놓는다

아, 저 바람 뒤엔
폭염을 딛고 찾아온 계절이
아름다운 빛깔로 물들어가겠지
자연의 섭리 그 숙연한 마음 더불어.

파도가 쓰고 간 노래

무겁게 가라앉은 백사장의 적요가
긴 꼬리를 접은 어떤 기억 하나
해일처럼 이는 그리움으로
먼 추억의 그림자를 밟는다

언제이던가
흐른 물때처럼 밀려와 부서지는
무료한 일상을 견디지 못한 우리는
단지 바다를 좋아했던 이유만으로
여기 백사장 처음 발자국을 남겼지

그 후 세월의 바다를 얼마나 건넜을까
영원히 같이 하자며
서로의 영혼까지 껴안았던 우리는
어느 날 돌이킬 수 없는
애증의 날선 갈등 앞에
결국 힘없이 무릎 꿇고 말았지

손 흔들며 마지막 발자국 남긴 곳도
저무는 후진리 그 자리였지
아, 저만치 흘러간 그 세월이

이렇게 절절한 그리움으로 남아
떠난 사랑의 통증을 못질 하는데

쓸쓸함이 범람하는 백사장 저편
목쉰 울음 부려놓는 파도 속에
끼룩 울음을 섞던 갈매기 몇
어디를 향해 날아가는지
수평선 멀리 울음을 떨군다.

민둥산에서

산허리 굽이돌아 다다른 능선
하늘로 키를 높여 부둥킨 억새꽃
머리를 쓰다듬는 소슬한 바람결에
흰 손수건 흔드는 이별의 군무를 본다

거긴 이른 봄 긴 어둠을 인내한 새싹들
안으로 안으로만 삼킨 설움을
한여름 소낙비에 씻어버리고
쏟아지는 뙤약볕에 푸른 실 기워
깊은 가을 은빛 물결로 출렁이고 있네

언제부터인가 우리는
진실한 사랑 없는 만남 속에 허둥대다
단 한 줄의 코끝 찡한 별사도 없이
늘 그랬듯 무심한 표정으로
저마다의 갈 길로 돌아들 가고 있지

그 웃음과 피가 끊어진
단절의 시대를 사는 사람들이여
저 잔잔한 미소를 던지고 있는
따스한 인정처럼 핀 억새를 보라

저무는 가을 세상의 어둠을 향해
이별 또한 놓을 수 없는 사랑이라며
다시 만날 약속의 굳은 인사처럼
뜨겁게 손 흔드는 억새를 보라

우리들 진정한 삶도
저렇게 꽃피워야 하는 것을.

사모곡思母曲

꿈결에 나직이 어머니가 부르네

화들짝 깨어나 주위를 살펴보고

사방을 모두 다 두리번거려 봐도

고요한 한밤중 아무런 기척 없이

칠흑의 어둠 속 정적만 흐르는데

언제 흘렸는지 베갯잇 젖어있고

그리움만 하냥 머리맡을 지키네.

과목果木
– 가을 과수원에서

고운님 꽃가마
봄나들이 떠난 뒤

마주친 비바람
견딘 날 아득한데

더듬은 그 먼 길
설움은 간데 없이

햇살은 영글어
가지 끝에 머물고

알알이 머금은
볼웃음 눈부셔라

만발한 웃음꽃
풍성히 차린 만찬

소슬한 바람 속
깊어가는 가을빛.

고향이라는 별

해마다 이맘때면
내 닫힌 창 너머 고향이 보이고
그 그리운 곳은 별이 되어 반짝이지

지금쯤 세월의 빈 자리 그 곳에는
소슬바람에 쓸리는 가을 울음이
여름날 뜨겁게 환호하던 박수들을
기억 저편으로 떠나보내고 있겠지

토담 곁 늙은 살구나무 잎은
빛을 수렴하던 초록 하나 둘 지운 채
수척한 햇살 속 바닥에 나뒹굴고
억새 빈웃음 던지고 있을 산길에는
청람빛 하늘 머금은 구절초가
나직한 제 울음 흘리고 있겠지

떠나온 그 곳에선 이맘쯤
들꽃 스러져 눕는 풀숲에
찌르르찌르르 방아깨비 놀다간 뒤
풀벌레 울음소리 들길을 적시고
봉선화 꽃잎 진 마당가엔

흐득흐득 오동잎 떨어져
왜바람의 발치 아래 뒤척이고 있겠지

잊혀져가는 기억 속엔
집 앞 길게 뻗은 신작로
만발한 코스모스가 길섶마다 하늘대고
간 밤 꿈에 별빛으로 파닥이던 그 꽃은
누군가의 등을 향해
긴 기다림으로 피어있겠지

아! 감은 눈 속으로
까마득 지운 이름 고향
그 별 하나 떠오른다.

코스모스, 그 꽃은

지금쯤 고향집 고샅길엔
코스모스 고즈넉 피었겠지

저만치서 손 흔드는 기억 속엔
저무는 들녘 사이로 길게 난 길
길섶마다 코스모스가 만발했겠지

코스모스라는 꽃은 까마득 지운 이름 고향
그 서러움의 자리에 피는 꽃이지

세월의 빈자리에 남아
지난밤 꿈에 꽃물 져 파닥이던
그리움의 언저리에 피는 꽃이지

누군가의 등을 향해 흔들리는
기다림의 언덕 위에 피어있는 꽃이지

아, 해마다 이맘때면
감은 눈 속으로 코스모스가 피고
그 꽃은 아득한 곳에서
별이 되어 반짝이네.

허수아비

땀으로 젖은 기원 풍년 농사 지은 후에

저 아득한 들판 너머 새들은 떠나가고

텅 빈자리 그 곳엔 그루터기 두런댈 뿐

인적 끊긴 논밭 길 찬바람만 붐비는데

구름 간 하늘 멀리 빈웃음 띤 허수아비.

제4부

다시 맞이할 새봄 향해
기다림의 발끝 세운다

겨울 문턱

강가 갈대숲에 서성이다
먼 산을 넘는 맵찬 바람 한 줄기
긴 어둠속으로 잠기어 가는데

어느새 눈발 하나 둘 흩날리고
나뭇잎 몇 구르는 쓸쓸한 길을
늙은 청소부가 잔기침으로 쓸고 간다

멍한 눈으로 오던 길 들여다보면
뜨겁게 몸짓 하던 푸른 시절 꿈들이
무거운 세월 속 이끼처럼 돋아나
부다듯한 시간의 뼈를 줍는다

이제 한 발짝 물러선 길 위에
수척한 햇살 한줌 잦아들고
꿈으로 파닥이던 숱한 언어들이
깊은 침묵 속으로 잠처럼 빠져든다

한해의 그림자 길게 드리운 길
언젠가 다가올 찬란한 봄을 향해
또다시 기다림의 발끝을 세운다.

1월 즈음

툰드라의 바람 숲에
비대칭으로 서 있는 나무들이
앙상한 뼈대를 유린 당할 때

산은 마른가지를 덮은 채
쓸쓸히 그저 쓸쓸히
눈보라 속으로 깊어져 가고

꽁꽁 얼어붙은 돌 틈 사이
늘 꿈꿔 온 바다를 향해
숨 고르듯 숨 고르듯 흐르는 강물

거친 울음 토해내는 바다는
암회색 무거운 하늘을 이고
어둠의 긴 시간 견디는데

깊은 잠에 빠져있는
저 텅 빈 도달점 베고 누운 것들
아, 언제쯤 눈 뜨려나.

한겨울 삽화

우울증 환자들의
암회색 병동에는
낯 익은 바람만
쓸쓸히 다녀가고
중증의 한 사내가
그 통증 달래고 있다.

겨울나무

언제부터인가
바람 숲에 선 나무
애써 견뎌야만 한다고
스스로가 섬긴 외마디 말
안으로안으로 삼키고 있다

어둠을 앞세운 외줄기 바람길
모두 다 내어주고 남아있는 건
몸 안 뜨거운 피를 훔쳐보는
야윈 벌레들의 슬픈 눈빛과
북풍한설의 혹독한 고난 뿐인데
머무르지 못하고 떠난 시간들이
여태까지의 삶이 부끄럼 없었노라며
꿈꾸던 푸른 시절의 뼈를 줍는다

아직도 길은 먼가
빈 몸으로 떠나온 지 오랜
지금 여기는 어디쯤일까
떠남과 만남의 경계가 흐릿하다

그러나 오랜 바람으로 남긴 언약은

생의 진실한 약속처럼 지켜지는 법
부스스 눈뜨는 빛의 기지개 속
가만히 귀 기울이면
멀리서 봄의 발자국 소리 들리고
이어 나직이 숨 고르는 나무가
그 내밀한 숨결로 빚은 새날을
또다시 환하게 품는다.

증산리, 그 겨울바다에서

오랜 무료함을 견뎌
문득 찾은 증산리 겨울바다
거기 파도 분분한 회색 사장
무거운 정적 깨뜨리려는 듯 갈매기 몇
다가선 기척 위에 연신
다단조의 울음을 뱉어낸다

저기 눈길 가까이 머무는 곳
목쉰 파도의 울음이 끝없이 잠겨드는
추암 촛대바위 흐린 풍경 속으로
눈뜬 생각 하나 부표처럼 띄운다

언제였나
기억 저편 무심히 흘려보낸
어둠 속에 버려진 꿈들이
지금 밀물처럼 차올라
아득한 시간 위에 하얗게 부서진다

그러나 꿈은 늘 가지런한 것
긴 어둠의 시간 지나고 나면
금빛햇살 받쳐 든 언약들이

눈부시게 기다리고 있질 않던가
이제 얼마 뒤엔
가슴 뛰는 그날이 찾아올 것이다

깊은 사유의 바다를 건너는 동안
시간이 꽤 흘렀는가 보다
어느덧 와우산 그림자가 길게 눕고
그 어스름이 보내온 기별을 좇아
또 하루가 저문다.

시래기

종가 집 너른 채마밭
억척스레 뿌리 내려
비바람 견뎌내며
보람으로 키운 몸집

이젠 모두 내어주고
빈 몸으로 남았는데
서리 내리던 늦가을
누군가에게 거둬져

북풍한설 몰아치는
어느 추운 겨울날
식상한 입맛 위해
보글보글 끓는 밥상

그 마지막 헌신으로
그늘진 처마 밑에
부서질 듯 말라가는
아, 내 어머니 같은.

먼 길

여긴 어디쯤일까, 더딘 걸음
재촉해보지만 아직 불빛 없는 길이 멀다

지금껏 걸어온 길 되돌아다보면
그 끝없는 길 아무 것도 남은 게 없고
뜻 모를 부호들만 수북이 쌓여있네

사람들은 누구나 할 것 없이
밝은 내일 향해 발걸음 내딛지만
내 한 발짝 두 발짝 옮긴 걸음은
여전 신새벽 미명 속에 머물러있네

여태껏 지나온 아득한 길
그 굽이마다 찍힌 혈흔들
밤새워 써내려간 수많은 글귀들이
버려진 언어의 커다란 더미 위에
켜켜이 쌓여 어둠 속에 묻혀있네

그래도 거긴 뜨거운 삶이 녹아 있고
그 속에 생의 진실한 꿈이 있기에
오늘도 묵묵히 가야하는 그 먼 길.

독거 일기

후미진 골목 반 지하
햇빛 한 줄기 비추지 않는 단칸셋방
불기 없는 싸늘한 바닥에
종합병원인 김 노인이 맥없이 누워있다

며칠째 퍼붓는 눈발 속에
낯 익은 손님처럼 찾아온 바람이
낡아빠진 문고리를 잡아당기고
먼지 켜켜이 뒤집어쓴
오래전 금 간 쪽창이 몸서리를 친다

허공에 뱉어놓은 하얀 입김은
빛 바랜 벽지 위에 시름으로 젖어들고
도움의 온정마저 눈 속에 갇혔는지
찾아주던 발길조차 눈길에 끊겼는지
찬바람만 세차게 방문을 두드린다

힘 없는 야윈 손이 물 컵을 더듬을 뿐
허기진 배의 자꾸만 보채는 소리가
깊은 어둠 속 정적을 깨뜨리는데
행여 올 누군가를 기다리는지

마음에 커다란 동굴 하나 낸 채
밖을 향해 바짝 귀를 세운다

아, 언제 그치려나
아득한 삶의 길 위에
끝없이 눈보라가 몰아친다.

겨울 추암리에서

며칠째 부는 시린 바람 때문일까
인적마저 끊긴 바닷가에는
갈매기 울음소리만 이따금
한겨울의 적요를 깨운다
파도가 하얗게 부서지는 백사장 끝
회색 하늘을 이고 선 촛대바위가
무채색 풍경을 흐릿하게 그리고
문득 알 수 없는 서러움이
키 자란 외로움 속으로 번져간다
세월의 달음질은 어쩔 수 없나 보다
지금 하나 둘 흩날리는 눈발 속에
지나온 날들을 추억처럼 더듬는데
거긴 여름날 뜨겁게 타오르던 열정과
가을 밤바다를 수놓던 집어등 불빛들이
기억의 저편에서 심지를 돋운다
느린 걸음으로 겨울이 지나간다
지금은 파도의 목쉰 울음만
누군가 남기고 간 발자국 지울 뿐
머무르지 못하고 떠난 시간들은
어디쯤에서 거친 바람소리를 내고 있을까
그러나

떠남과 만남은 가지런한 것
바람 가는 길 가만히 귀 기울이면
멀리 봄의 발자욱소리 들리고
가쁜 숨 고르는 바다가
그 내밀한 숨결로 빚은
새날을 기다린다.

사랑의 변주곡
— 어찌 잊을 수 있겠는가

떠나버린 그대여
어찌 잊을 수 있겠는가

푸르게 물결치는 은빛 파도처럼
우리 영원하자 약속하던 바닷가
낙엽 쓸쓸히 하나 둘 흩날릴 때
우리 변치말자 다짐하던 공원 벤치
그 여름 그 가을을 생각하면
어지 잊을 수 있겠는가

어느 추운 겨울 고단한 삶에 지쳐
퍼붓는 눈발 속에 쓰러져 울던 나를
그대 눈물과 기도로 일으켜 세우던
그리하여 봄날
내가 붉은 꽃으로 피어날 때
조용히 미소 짓던 그대를 생각하면
어찌 잊을 수 있겠는가

수없이 많은 날들이 흘러갔어도
지금도 가만히 눈 감으면
그 모습 그 얼굴 생생히 떠오르고

상처 난 내 가슴 따듯해지는데
어찌 잊을 수 있겠는가

이제 그대 가고 없지만
아직도 느껴지는 따스한 숨결
이리 끝없이 밀려오는 그리움인데
어찌 잊을 수 있겠는가

내 다시 태어난다면
이별 없고 슬픔 없는 세상에서
그대 더불어 영원히 살리라.

저무는 길에 서서

누군가 잔기침 뱉는 시린 길 위에
어느덧 초록을 지운 나뭇잎이
하나 둘 낙엽이 되어 나뒹군다

지금은 돌아올 수 없는 시간들이
부다듯한 시절의 뼈를 줍는데
눈뜬 회환이 밀물져 오는 걸까
얼굴 가린 슬픔 속 삭히지 못한 아픔이
아린 통증의 뼈마디를 쿡쿡 찔러댄다

그 뼈저린 속내는 무엇일까
여태껏 지나온 길 되돌아다보면
먼지 켜켜이 쌓인 삶의 어두운 갈피에
버려진 꿈들이 일상의 행간을 메우고
굳어져 단단한 오랜 아픔이
그늘진 하루하루를 적신다

이제 얼마 뒤엔
서리까마귀 울고 간 뒤
눈보라 몰아치는 툰드라의 바람 숲
그 에움길 어찌 견디려고 하는지

하지만 진정 참된 삶이란
스스로의 의지 곧추세워
밝은 내일을 꿈꾸는 것이리라

저무는 길
가장 아름다운 빛깔로 불타오르다
제 몸 하나씩 내려놓은 나무들을 닮아
새싹 움트는 봄을 향해
기다림의 발끝을 세운다.

닳아지는 날들

나 같은 죄인 살리신…
낡은 녹음기와 적선 통을 앞세운
하반신이 문드러진 한 사내가
시장바닥을 굼벵이처럼 기어간다

고단한 삶에 지친 야윈 등 위로
따가운 시선들 비수처럼 꽂히고
허기진 구걸 통 속에는
비껴가는 발자국소리만 쌓여간다

문득 바닥을 보이는 적선 통 너머
오늘 함께 나오지 못한
며칠 전부터 감기 몸살로 앓아 누운
지하 단칸셋방 지키고 있을
아내의 쓸쓸한 모습이 떠오른다

어둠 짙은 이런 곳에서도
내일의 희망 꽃 피어날 수 있을까
이 그늘진 캄캄한 곳에도
따스한 햇살 한줌 비춰들 수 있을까

하지만 산다는 건
결코 쉬운 일이 아닐 터
애써 절망의 부기 가라앉히며
또다시 내일을 향해 마음 다잡는다

흘러간 시간이 얼마일까
어느덧 하루해가 저물고
어디선가 불어온 한 줄기 바람이
해처럼 밝게 살면서 광명을 얻으리,
텅 빈 장바닥 나직이 흐르는 찬송가를
어스름 속 어둑어둑 지우는데

내일은 맑게 개이려나 보다
멀리 산마루에 노을이 걸려있다.

폐차

좁은 골목길 돌아 외진 공터
비바람의 결이 속살을 드러낸 채
번호판도 쓸쓸히 버려져있다

풀썩 주저앉은 골반 사이로
이젠 속도를 잃어버린 바퀴들이
잡초 뒤엉킨 그늘진 그 곳에
먼 기억을 꿈인 듯 부려놓는다

누구 하나 곁에 오지 않는
건드리면 바스러질 것 같은 시간들
저편 도심에서 불어온 바람이
싸늘히 식어버린 온몸 어루만지면
수없이 바람처럼 쌩쌩 내달리던
그 환한 날들을 잊지 못하는데

어디서 날아왔는지 정수리에 앉아
생명의 울음소리 들려주던 새 한 마리
어느덧 붉게 물든 황혼 속으로
옛 얘기들을 물고 날아간다

언제였던가
밝은 경적소리로 아침을 열던
그 푸른 시절로 돌아가고 싶다.

빈 들에 서서

지금은 꿈꾸었던 모든 것
조용히 마감할 시간

한 줄기 바람처럼
문득 찾은 빈 들
흰 손 자꾸 흔들어 쌓다
저 앞 어둠을 향해
마지막 빛으로 눕는
억새꽃 길동무가 되네

허허로운 길섶
풀벌레 울음소리 잠든
시린 바람 스쳐간
누운 풀잎 사이로
왠지 모를 아쉬움이
쓸쓸히 묻어나네

추수 끝난 자리
그루터기 두런대는
새들 떠난 그곳엔
구름 간 하늘 멀리

빈 웃음 띤 허수아비

그 빈 들에 서서
돌이켜 생각해보면
탐욕의 부질없는 것들
이젠 모두 다 내려놓고
다시 맞이할 새봄 향해
기다림의 발끝 세운다.

무거운 걸음
－ 어둠 속에서도 꿈은 자란다

하루하루가 칠흑같이 어두웠다
헤어날 수 없는 그늘진 일상은
연일 깊은 수렁 속으로 빠져들 뿐
좀체 빛의 행방은 알 수 없었고
켜켜이 쌓인 천 근 무게의 시름만
우기 속 빗물처럼 흥건히 고여있다
그 어두운 그늘 속엔
장애라는 늪에 깊이 빠진 슬픔이
무거운 형벌처럼 똬리를 틀고 있다
수북 자란 어둠의 포자들
빛 바랜 세월 속에 묻어 보지만
모낭 속 걷잡을 수 없는 수염처럼
또다시 새살 돋듯 돌아난다
어찌해야 하나
이 뿌리 내린 통증의 아린 날들
미궁 속 빛의 시간 찾을 수 있을까
세상으로 향한 문 활짝 열 수 있을까
오늘도 한 발짝 두 발짝
보이지 않는 새벽 먼 불빛을 향해
혈흔처럼 얼룩진 발자국 내딛는다
그래 꿈꾼다는 것은

가슴에 반짝이는 별 하나 품는 거지
그늘진 그 어둠의 시간은
그렇듯 마음 다잡아야 건널 수 있지
스스로 섬긴 굳은 의지로
꼭 닫힌 세상의 문 열어야 하지
그러면 마침내 트일 환한 내일.

폐선을 기리다
— 명성호 추억

저기 고깃배 몇 척
왜바람의 발치 아래 몸살을 앓는 선착장 한켠
어느 날 성난 파도에 수장 되었다가
다 해진 몸으로 돌아와
닳아지는 날들의 눈금을 짚어가는
명성호라 이름 붙은 목선이
펼치지 못한 꿈 수평선 끝에 매달고
칭얼대는 바람 길 내주고 있다
언제이던가
펄럭이는 만선의 꿈 푸른 깃발로 동여매고
물결 출렁이는 바다를 향해
닻을 올리던 그때가,
아른대는 먼 기억의 불빛들이
눈빛 흐린 바다 위로 쏟아지고
이젠 돌아올 수 없는 시간들이
가물거리는 추억의 심지를 돋운다
밤바다를 지키던 별들이 길 잃을 무렵
밤새 뒤척이던 파도의 등줄기를 타고
햇덩이 속으로 미끄러져 가던 새벽바다와
이른 봄 참방대는 숭어 떼 좇아
방파제의 긴 허리를 껴안던 시간들과

파도 숨 고른 여름을 지나
성긴 별 몸 숨기는 늦은 가을날
오징어잡이로 집어등 밝히던 시절이
주름진 날의 이마를 짚는다
그렇게 당도한 세월의 길
부식된 관절 사이 구멍 숭숭 뚫린 어선 한 척이
텅 빈 파시장 좌판처럼 기울어져
허방을 짚던 항해일지의 아린 기억을 지우는데
뱃전 비상을 꿈꾸던 갈매기 한 마리
자욱한 안개 숲에 날개를 잃었는지
목쉰 울음소리만 공중을 가른다
아, 저 바닷길 다시 열 수 없을까
수다한 꿈 피고 진 바다 위로
또 한바탕 바람이 인다.

정동진 가는 열차

늦은 밤 청량리역에서
새해 첫날의 붉은 해 맞으러
정동진 가는 열차에 오른다

세상은 깊은 어둠 속에 잠기고
꼬박 뜬눈으로 달리는 열차가
긴 터널을 빠져나갈 즈음
아직 단꿈 꾸고 있을 정겨운 얼굴들
함께 나서지 못한 아쉬움 때문인지
어느새 차창을 기웃거린다

얼마나 달려왔을까
철길 옆 눈꽃 핀 나무들 가지 위에
희뿌연 여명의 그림자 드리우고
멀리 눈 덮인 산봉우리들
점점이 다가와 시린 손 내미는데

얼음장 밑을 흐르던 샛강이
선잠을 깬 듯 파르르 몸을 떨고
아득히 펼쳐진 빈 들 끝으로
먼 발자국소리에 귀 기울이던

오순도순 머리 맞댄 낮은 집들이
부스스 눈 비빌 채비를 한다

잠시 쉬어 가려는걸까
회색빛 어느 역사에 고단한 몸 맡겨
숨 고르듯 나직이 기적소리 뱉어놓고
파도 부서질 바다를 향해 떠난다

이제 얼마 뒤면 열릴 새벽 너머
눈부신 아침바다와 마주 하겠지
거긴 썰물처럼 멀어져 간 마음을 잇는
따뜻한 세상이 기다리고 있으리라

밤새 육중한 몸 일으켜 세우던 열차가
어느덧 다다른 정동진역
푸른 꿈꾸며 살아가는 사람들을
환한 시간 속으로 부려놓는다.

겨울 정라항에서

며칠째 발 묶여 몸살 앓는 뱃전에
울음 흘리는 갈매기 몇 앉아
오늘도 경매 없는 인적 드문 판장
시름처럼 기울어진 텅 빈 좌판을
핏기 잃은 눈으로 바라보고 있다

며칠을 견디지 못해 조업 나간
그 배에 타고 있던 사람들
생사를 알 수 없다는 파다한 소문이
텅 빈 항구의 적막을 깨뜨리고
들끓는 그 무성한 소문은
피눈물로 기다리는 가족들 가슴에
다시 시름되어 눈처럼 쌓인다

또 한 차례 폭설이 오려나
잔뜩 찌푸린 암회색 하늘이
거센 파도 부딪는 방파제 위로
희끗한 눈발 하나 둘 흩날리며
소리치는 바다를 끌어안는다

봄은 어디쯤에 눈을 뜨고 있을까

그러나 봄은 기다림 끝에 찾아오는
그 내밀한 숨결로 빚는 것

흰이빨 드러낸 채 울부짖는 바다를
파수꾼처럼 지키고 있는 등대, 그 너머로
먼 불빛 좇아가는 걸까
어딘가를 향해 훨훨 날갯짓 하는
바닷새 한 마리 허공에
꿈 하나 새기며 날아간다.

조각공원이 있는 겨울바다

조각공원의 풍경이
바다의 흐른 물빛 속에 잠겨 있다

무슨 기억을 더듬고 있는지
로댕의 표정을 한 조각에게
지나간 시간의 안부를 묻는데
언젠가
서럽던 이별의 흔적마저 멀리 데리고 간 바람이
떠남도 한 삶이었다며 되돌아와 깃을 치고
목쉰 울음 떨구는 바닷새가
수면 위 어두운 제 그림자 줍는다

파도는 누군가 남기고 간 발자국 지우려는 듯
백사장 가득 잿빛 울음 뱉어내며
수척한 깃 여미고
어디론가 떠났던 추억 하나 문득
먼 길 가는 바람의 걸음 헤아린다

남은 시간의 여백 무엇을 그려야 할까
저무는 바다 위에 아직 부르지 못한 꿈
떠오른 성근 별빛으로 반짝인다.

꿈꾸는 용대리

억새 몇 흰머리 흩날리는 용대리
구름 지난 영 너머 찬바람 부르며
덕장 가득 줄지어 걸리운 명태들

얼음상자 쟁여져 이곳에 왔지만
또다시 눈바람에 온몸을 내준 채
매섭게 몰아친 눈보라를 맞는다

세찬 바람 불어와 볼짝을 때려도
희멀건 동태눈 까딱도 하지 않고
묵묵히 흔들리는 부역의 그 헌신

맵찬 바람 핥고 간 차디찬 시린 살
모처럼 찾아온 맑게 갠 햇살 속에
속속들이 내맡겨 언몸을 녹인다

오는 봄 식상한 사람들 입맛 위해
맛장 두르고 노릿노릿 구워지는
그 환한 꿈꾸며 말라가는 황태들.

삶의 애환과 자연 서정의 화해

삶의 애환과 자연 서정의 화해

― 청옥 우덕호 시집 『꽃샘바람』

김 송 배

(시인. 한국현대시론연구회장)

1. '참된 삶'을 지향하는 절망의 극복

현대시가 지향하는 주제는 대체로 삶의 궤적軌跡에서 창출한 이미지 중에서 가장 절실하게 투영하는 희노애락喜怒哀樂에서 재생된 진실이 형상화하는 것이 하나의 통념으로 남는다. 일찍이 톨스토이는 그의 「참회록」에서 '삶의 의문에 대한 나의 탐구는 마치 내가 깊은 숲 속에서 길을 잃은 사람이 경험한 것과 똑같은 경험이다'라는 명언으로 우리들의 심중을 흡인吸引하고 있는데 인생의 회억回憶에서는 항상 삶에 대한 인식과 더불어 지향점에 대한 해법을 탐색하게 되는 것이 보편적인 심리상태일 것이다.

우리들은 인생이 무엇이냐, 어떻게 사는 것이 참된 삶이냐 하는 다양한 문제들을 제시하면서 살아가는

것이 우리네의 일상적인 삶의 형태이다. 여기 상재하
는 청옥 우덕호 시집 『꽃샘바람』에서는 우덕호 시인
이 그동안 영위해 온 삶에 대한 애환이 적나라赤裸裸하
게 적시되어 있어서 그가 지향하고자 하는 인생의 진
실이 포괄하는 순정적인 메시지가 발현되고 있다.

　　그는 먼저 '아, 언제 그치려나 / 아득한 삶의 길 위
에 / 끝없이 눈보라가 몰아친다.(「독거 일기」 중에서)'
는 어조語調로 '삶의 길'에 대한 의구심이 이 시집의
화두話頭가 되고 있어서 칠정(七情−희노애락 애오욕)
중에서도 애哀에 해당하는 부분을 간과看過하지 못하는
중요한 시적 상황(situation)으로 적시하고 있음을 이해
하게 된다.

　　그 뼈저린 속내는 무엇일까
　　여태껏 지나온 길 되돌아다보면
　　먼지 켜켜이 쌓인 삶의 어두운 갈피에
　　버려진 꿈들이 일상의 행간을 메우고
　　굳어져 단단한 오랜 아픔이
　　그늘진 하루하루를 적신다

　　이제 얼마 뒤엔
　　서리까마귀 울고 간 뒤
　　눈보라 몰아치는 툰드라의 바람 숲
　　그 에움길 어찌 견디려고 하는지
　　하지만 진정 참된 삶이란

스스로의 의지 곧추세워
밝은 내일을 꿈꾸는 것이리라

―「저무는 길에 서서」 중에서

우덕호 시인은 우선 '참된 삶'의 정의를 '밝은 내일을 꿈꾸는 것'이라고 단호하게 말하고 있다. 이것이 그의 기원이며 시적, 혹은 인생의 진실이다. 그는 '삶의 어두운 갈피에/ 버려진 꿈들이 일상의 행간을 메우'는 '오랜 아픔'이 그의 전신을 감전하면서 지독한 인내를 요구하는 현실에 대한 열망이며 기원이다.

그는 '그래도 거긴 뜨거운 삶이 녹아 있고/ 그 속에 생의 진실한 꿈이 있기에/ 오늘도 묵묵히 가야하는 그 먼 길.(「먼길」 중에서)'이라는 어조로 자신을 위무하면서 오늘도 묵묵히 삶의 행로를 지속하고 있는 것이다.

며칠 전부터 감기 몸살로 앓아 누운
변두리 단칸셋방 쓸쓸히 지키고 있을
궁핍한 삶에 찌든 아내의 야윈 얼굴이
긴 기다림 끝 하늘로 키를 세운
풀꽃들의 찬연한 몸짓 망연히 바라보는
두 눈의 초점 끝에 슬픔으로 어린다

… 중략 …

내일도 화창한 봄날이려나
무너져내린 하루를 달래주듯

도심 저편 산마루에 붉게 타던 노을이

삶의 환한 꽃 피우던 기억 더듬으며

산길을 내려오는 의족의 걸음 위에

어느덧 땅거미로 내려앉는다.

— 「슬픈 공복」 중에서

다시 우덕호 시인은 '궁핍한 삶'과 거기에서 클로즈
업되는 '아내의 야윈 얼굴'이 대칭하면서 투사投射하는
이미지의 투영은 '슬픔'이라는 현실성이 주제로 부상
되고 있다. 그러나 그는 '그렇게 흘려보낸 시간이 얼
마일까'라고 삶과 시간의 밀접한 동행으로 작품을 전
개하면서 '내일도 화창한 봄날이려나 / 무너져내린 하
루를 달래주듯' 기대에 넘치는 '삶의 환한 꽃 피우던
기억'을 재생하고 있는 것이다.

이렇게 '고단한 삶'이 지속되면서 '하지만 산다는
건 / 결코 쉬운 일이 아닐 터 / 애써 / 절망의 부기 가라
앉히며 / 또다시 내일을 향해 마음 다잡는다(「닳아지는
날들」 중에서)'거나 '내 다시 태어난다면 / 이별 없고
슬픔 없는 세상에서 / 그대 더불어 영원히 살리라.(「사
랑의 변주곡」 중에서)' 그리고 '그대 눈물 적신 자리
에 / 아름다운 삶의 꽃 눈부시게 피어있다.(「잡초」 중에
서)'는 대망의 어조로 시적 진실의 메시지를 전해 주
고 있어서 공감의 영역을 확대하고 있다.

2. '울음'과 '어둠'의 의미와 진실

　우덕호 시인은 다시 삶의 조응_{照應}에서 다시 내적 관념의 깊은 주제를 창출하고 있다. 바로 그의 내면에 잠재한 심리적인 요동으로 '울음'이라는 상황을 도입함으로써 인간 실체의 궁극적인 슬픔을 의인법으로 현현해서 진실을 투사하고 있다. 이와 같은 '울음'은 결국 그리움이나 기다림으로 전이轉移되고 있는데 이는 우덕호 시인 자신이 깊게 교감하는 외적 사물과의 화해라고 할 수 있다.

　일찍이 우리의 조지훈 시인은 「청년의 내일을 위하여」라는 글에서 '울음이란 감격이 지극할 때 터지는 구극究極의 언어'라는 말로 '울음'을 표현하고 있어서 여기에는 다양한 이미지를 동반하게 된다.

　　지금쯤 세월의 빈 자리 그 곳에는
　　소슬바람에 쓸리는 가을 울음이
　　여름날 뜨겁게 환호하던 박수들을
　　기억 저편으로 떠나보내고 있겠지

　　토담 곁 늙은 살구나무 잎은
　　빛을 수렴하던 초록 하나 둘 지운 채
　　수척한 햇살 속 바닥에 나뒹굴고
　　억새 빈 웃음 던지고 있을 산길에는
　　청람빛 하늘 머금은 구절초가

나직한 제 울음 흘리고 있겠지

떠나온 그 곳에선 이맘쯤
들꽃 스러져 눕는 풀숲에
찌르르찌르르 방아깨비 놀다간 뒤
풀벌레 울음소리 들길을 적시고
봉선화 꽃잎 진 마당가엔
흐득흐득 오동잎 떨어져
왜바람의 발치 아래 뒤척이고 있겠지
                            ―「고향이라는 별」 중에서

　우덕호 시인은 이 '울음'을 직접 자신의 음성으로
울지 않고 적절한 의인법으로 활용하는 특색이 있는
데 위의 작품에서 보는 바와 같이 '소슬바람', '구절
초', '풀벌레' 등이 그를 대신해서 아프게 울고 있다.
이는 그가 '고향'에서 적시하는 '그리운 곳'과 '긴 기
다림'의 상징적 의미를 포괄하고 있어서 정감이 더욱
확대되고 있다.
　그는 또 '세월의 빈 자리'라는 시간의 동행을 명시
함으로써 바로 인생과의 묵언적默言的인 평행平行을 이
루고 있음을 이해하게 되고 시간성이 매개媒介로 하는
인생론이 다채롭게 발흥勃興하고 있음을 엿보게 한다.
　여기에서 '울음'과 상치相馳되는 것은 식물성의 사물
이 다수 등장한다는 점이다. 그것은 '늙은 살구나무',
'억새', '들꽃', '봉선화', '오동잎' 그리고 '코스모스'

등이 작품의 중심에서 '울음'과 대면하고 있어서 그의 시적 발상의 원류에는 자연과의 서정적인 교감이 충만해 있음을 이해할 수 있을 것이다.

저기 눈길 가까이 머무는 곳
목쉰 파도의 울음이 끝없이 잠겨드는
추암 촛대바위 흐린 풍경 속으로
눈뜬 생각 하나 부표처럼 띄운다

언제였나
기억 저편 무심히 흘려보낸
어둠 속에 버려진 꿈들이
지금 밀물처럼 차올라
아득한 시간 위에 하얗게 부서진다
　　　　　　　　　 — 「증산리 그 겨울바다에서」 중에서

여기에서 '울음'은 '어둠'이라는 등식이 성립한다. 그가 '기억 저편 무심히 흘려보낸/ 어둠 속에 버려진 꿈들이/ 지금 밀물처럼 차올라/ 아득한 시간 위에 하얗게 부서진다'는 결론에서 시의 모티프(motif-동기)나 주제의 진실적 행방을 유추할 수 있는데 이는 '무거운 정적 깨뜨리려는 듯 갈매기 몇'의 '다단조의 울음'이나 '목쉰 파도의 울음이 끝없이 잠겨드는/ 추암 촛대바위 흐린 풍경'이 '어둠(암흑)'과의 직간접적으로 암시하는 생활 단면의 실재성實在性으로 의미를 부여하고 있다.

우덕호 시인이 탐색하는 '어둠'은 '저무는 가을 세상의 어둠을 향해 / 이별 또한 놓을 수 없는 사랑이라며 / 다시 만날 약속의 굳은 인사처럼 / 뜨겁게 손 흔드는 억새를 보라 // 우리들 진정한 삶도 / 저렇게 꽃피워야 하는 것을.(「민둥산에서」 중에서)'이거나 '그늘진 그 어둠의 시간은 / 그렇듯 마음 다잡아야 건널 수 있지 / 스스로 섬긴 굳은 의지로 / 꽉 닫힌 세상의 문 열어야 하지 / 그러면 마침내 트일 환한 내일.(「무거운 걸음 – 어둠 속에서도 꿈은 자란다」 중에서)'라는 자신의 갈망이나 기원의 어조로 '어둠'과 '울음'의 상관성을 명징明澄하게 발현하고 있다.

그에게는 평생 내내 불망不忘의 언어가 있다. 바로 '그 어두운 그늘 속엔 / 장애라는 늪에 깊이 빠진 슬픔이 / 무거운 형벌처럼 똬리를 틀고 있다'는 장애의 슬픔이 그의 어둠을 더욱 짙게 하고 있으며 이것을 그는 형벌의 똬리라는 '어둠의 포자'로 남아 있는 것이다. 그래서 그는 '어찌해야 하나 / 이 뿌리 내린 통증의 아린 날들 / 미궁 속 빛의 시간 찾을 수 있을까 / 세상으로 향한 문 활짝 열 수 있을까'라는 희망과 기대를 의문형 화법으로 현현하고 있다.

그는 작품 「겨울나무」 중에서도 '어둠을 앞세운 외줄기 바람길 / 모두 다 내어주고 남아있는 건 / 몸 안 뜨거운 피를 훔쳐보는 / 야윈 벌레들의 슬픈 눈빛과 / 북풍한설의 혹독한 고난 뿐'이라는 고뇌의 언어는 그

의 인생관에서 성찰로 정립하는 진실임을 알 수 있게
한다.

3. '기다림'과 '그리움' 아쉬운 이중주

우덕호 시인은 '기다림'과 '그리움'에 익숙해진 사
유의 늪을 헤매고 있다. 이것이 설령 아무런 대가가
주어지지 않는다 해도 개의치 않는다. 다만, 그가 지
금까지 보아온 슬픔이나 울음들이 비온 뒤 햇빛이 쨍
쨍하듯 온 천지가 새로운 희망을 바라는 우리 인간들
의 작은 기원이 표출되고 있을 뿐이다.

이 기다림은 우리 인간들의 한 부분일 수도 있다.
이어령 교수는 「증언하는 캘린더」라는 글에서 '기다린
다는 것은 아름답고도 슬픈 것이다. 그것은 하나의 부
조리이다. 희망과 절망, 권태와 기대… 설레이는 희열
이 있는가 하면 어둡고 답답한 환멸이 있다. 서로 모
순하는 생의 기도 속에서 기다림의 꽃은 핀다'라는 명
언으로 '기다림'을 해석하고 있다.

긴 어둠의 시간 속 남기고 간
그 묵언의 약속 지키려나

바람 잔 어느 날 수줍은 햇살 한켠
살며시 고개 처민 너를 본다

그건 무언가를 향해 뒤척이던
오랜 기다림의 몸짓 아닐까

이제 얼마 뒤 칼바람 지나간 자리에
꽃대를 밀어 올려 나직한 울음 흘리겠지

그 울음 천지간 번져갈 때
내 시린 가슴에도 꽃물이 들고

지난 언젠가 가뭇없이 떠난
그 환한 봄이 찾아오겠지.
                    － 「수선화, 그 여린 몸짓을 보며」 전문

그렇다. 우덕호 시인이 적시하는 '기다림'은 바로
'어둠'과 '울음'의 연속된 삶의 방식에서 벗어나지 않
는다. '긴 어둠의 시간 속'이거나 '그 울음 천지간 번
져갈 때' 아직도 '수선화'는 기다리고 있다. 수선화의
꽃말은 선비, 고결, 자존심이라고 한다. 그렇다면 그는
수선화에서 굳이 기다림의 이미지가 창출될 수 있을
까 하는 의구심도 들게 한다. 그러나 이 선비다운 고
결함이나 자존심이 그에게서는 어둠과 울음으로 전이
하는 과정에서 상당한 고뇌가 동반하고 있음을 가능
케 하고 있다.
  그것은 '꽃대를 밀어 올려 나직한 울음 흘리겠지'라
거나 '그 환한 봄이 찾아오겠지.'라는 등의 어조에서

그는 무한의 '기다림'을 투영하고 있다. 또한 '언젠가는 약속처럼 찾아올 / 기다림의 끝 영혼의 숨결로 빚은 / 눈부신 언어의 광휘를 향해.(「미명未明」 중에서)' 그리고 '한해의 그림자 길게 드리운 길 / 언젠가 다가올 찬란한 봄을 향해 / 또다시 기다림의 발끝을 세운다.(「겨울 문턱」 중에서)'는 어조와 같이 그의 기다림은 오래도록 지속될 것으로 짐작된다.

젖은 하늘 끝없이 비는 내려
마음 가득 번진 지루한 우울

우수는 깃발처럼 나부끼고
울음 잃고 길 찾는 새 한 마리

오늘도 하염없이 비 내리고
언제 개이려나 어두운 나날

지난밤 잠깐 사이 비 그친 뒤
먹구름 머금은 흐린 별 하나

고개 떨군 봉선화 꽃잎 속에
그리움으로 새긴 한 줄기 빛.

                      ─ 「우기雨期」 전문

이 기다림과 병행並行하는 것은 '그리움'이다. 우덕

호 시인의 '그리움' 역시 '어두운 나날'에서 그 근원을 탐색하고 있다. 그의 그리움은 '젖은 하늘', '지루한 우울', '흐린 별' 그리고 '고개 떨군 봉선화 꽃잎' 등에서 발원하면서 '우기'에 '울음 잃고 길 찾는 새 한 마리'의 순박한 심정의 정감이 흡인되고 있다.

누군가 그리움을 간직하고 살아간다는 것은 참으로 행복한 일이라고 했다. 무엇을, 누구를 그리워하고 기다린다는 것은 우리들 인간에게 부여된 정의情誼의 발로發露라고 할 수 있을 것이다.

그는 '산딸기 붉게 물든 고즈넉한 / 언젠가 그대 같이 꿈꾸던 길 / 저린 듯 파닥이는 그리움 하나 / 산비둘기 외로운 울음이 되어 / 고요로운 산길 흠뻑 적신다(「푸른 산길」 중에서)'는 '그리움 하나'가 '외로운 울음'과 서로 화해를 이루고 있음을 알 수 있다.

이러한 그리움과 기다림은 '가을을 보내는 내 아쉬운 길에도 / 저런 고운 꽃 피어있을까? (「들꽃 단상」 중에서)' 라거나 '시간은 속절없이 / 강물처럼 흐르는데 // 아쉬움 달래려나 / 물수제비 뜬 팔매질.(「저무는 강가에서」 중에서)'이라는 전개와 같이 '아쉬움'을 배제할 수 없다는 사실을 중시하게 한다.

4. '봄'의 계절적 이미지와 자연 서정

우덕호 시인은 자연 친화 서정시인이다. 그는 진실로 만유萬有의 자연과 정적靜的으로 교감하면서 많은 담론을 교환한다. 그의 삶의 애환에서 획득한 체험의 요소들이 계절적인 이미지로 형상화하여 그동안 실생활(real life)과의 조화를 이룸으로써 정서와 사유의 환기換氣를 통해서 시적 진실을 창조하려는 그의 의식을 감지할 수 있다.

일찍이 몽테뉴는 그의 「수상록」에서 '진실로 모든 일에 있어서 자연이 좀 거들어 주지 않는다면 인간이 영위하는 기술이나 기교는 조금도 진전을 보지 못한다.'는 말로 친자연의 관점에서 인간과의 상관성을 역설하고 있다.

우리 시학詩學에서는 감상적 오류誤謬라는 것이 있다. 이는 자연의 인격화이다. 고 김준오 교수의 유명한 『詩論』에서는 '非情的 他者性'이라고 정의하고 있는데 자연의 인격화는 먼저 동화(同化-assimilation)로써 시인이 모든 자연을 자신 속으로 끌어와서 그것을 내적 인격화하는 원리를 말하고 있다.

그리고 투사(投射-project)는 시인이 계속해서 어떤 다른 존재를 채우는 것, 곧 자연 속에 자신을 상상적으로 투여하는 원리로 이것들이 낭만적 자연관의 두 가지 원리라고 설명하고 있다.

조용히 기지개를 켠 나무들이
가지마다 금빛햇살 불러들일 즈음

눈 뜬 꽃망울들의 해맑은 수다가

안으로만 삭힌 통증의 그 시간들
인내해 견딘 날의 어둠을 지운다

그 시샘일까
푸른 살 오르는 들판을 건너와
우듬지에 걸려 융융 대는 바람이
피톨 돋은 온몸 할퀴고 지나간다

세찬 바람의 등쌀에
화들짝 놀란 여린 풀꽃들도
반짝이던 아침이슬 털어낸 채
부르르 진저리를 친다

아, 봄은 그렇게 오는가 보다
지금 오랜 기다림 끝에 가지런히 피어난 꽃들이
남루를 벗고 맑게 갠 하늘 아래
환한 웃음 펼치고 있다.

-「꽃샘바람」 전문

우덕호 시인은 이러한 자연관에서 먼저 계절적인 변화의 이미지에 상당한 초점을 맞추고 있다. 우선 이 표제시인 '꽃샘바람'은 '아, 봄은 그렇게 오는가 보다' 그리고 '안으로만 삭힌 통증의 그 시간들'이라고 '봄' 과 연관된 시간을 통해서 그가 지향하는 시적 의미를 창조하고 있는 것이다.

이 작품은 투사에 해당한다. 객관적 감성(感性-sensibility)으로 자연을 응시하고 있다. 외적으로 보이는 것은 '금빛햇살', '꽃망울', '아침 이슬', '맑게 갠 하늘', '여린 풀꽃' 그리고 '가지런히 피어난 꽃들'이다. 이러한 시적 정황을 투사의 시법으로 '꽃샘바람'의 이미지를 잘 부각浮刻하고 있다.

그는 '시샘'이라는 단정으로 '세찬 바람의 등쌀'과 '부르르 진저리' 치는 그 와중渦中에서도 '인내해 견딘 날의 어둠을 지'우고 '지금 오랜 기다림 끝에' 환한 웃음을 위해서 남루를 벗고 있다. 이것이 '꽃샘바람'이 우리들에게 제시하는 진정한 메시지라고 할 수 있을 것이다.

그가 '봄'에 대한 몰입은 다음과 같이 나타나고 있어서 우리들의 시선과 사유를 집중시키고 있다.

- 기다림을 배우던 산수유가 / 부스스 잠 깬 햇살 불러 / 마알간 울음 터뜨린다.(「봄의 어귀」 중에서)
- 눈 뜬 / 꽃망울들의 해맑은 수다가 / 자꾸만 칭얼대는 / 하늘빛을 닦아낸다.(「초봄, 그 문장」 중에서)
- 잔설 속 홍매화 처음 꽃잎 / 다가와 파닥이는 햇살 한줌 껴안고 / 사르르 몸살을 앓는다. (「입춘 무렵」 중에서)
- 지금 꿈길 그 길섶에 / 숱한 연두색 풀꽃들이 / 저마다의 잎과 꽃을 피우기 위해 / 아우성치고 있다.(「봄, 그 꿈길」 중에서)

- 그만 깨어나야지 / 그렇게 속삭이면서 / 왔다간 흔적 일까 / 노란 입술 꽃잎 몇 / 뜰 안에 남겼네.(「봄비」 중에서)
- 땅속 길고 긴 어둠을 헤쳐 / 자랑처럼 돋아난 여린 풀꽃들이 / 파릇한 꿈 키우는 소리지요 (「봄비 내리 는 길」 중에서)
- 흐득흐득 지는 꽃잎 가는 봄 서러워 // 산그늘 숨어 우는 접동새 목쉰 사연. (「봄날이 간다」 중에서)
- 날 선 바람의 등에 업혀 / 마른 가지 끝에 매단 꽃 눈들 / 꽃잎 펼친 목련꽃 가쁜 숨결 위에 / 저마다 마 알간 울음을 뱉어낸다 (「봄의 계단」 중에서)
- 보아라 / 길고 긴 어두운 시간을 인내한 / 오랜 아픔 견뎌 활짝 피어난 / 아름다운 꽃들의 환한 웃음을 (「봄날에 핀 꽃들처럼」 중에서)

이 밖에도 우덕호 시인의 자연 서정은 끝이 없다. 작품 「가을산」에서 '머리 푼 억새꽃은 / 산자락 적시는 데 // 스치는 바람결에 / 눈시울이 붉어지네.', 「저무는 산길」에서 '고개 넘어 불어온 소슬바람 따라 / 하얀 손 흔드는 억새꽃 이별 길에 / 나뭇잎 하나 둘 흙빛 울음 던지네' 등등 이루어 헤아릴 수 없이 그는 자연 정경 情景에 심취深醉해 있다.

B. 파스칼도 '자연이 모든 것을 말할 수 있고 신학 神學까지도 말할 수 있다는 것을 그로부터 배우는 사 람들이야말로 자연을 깊이 존중하는 사람'이라는 증언

처럼 우덕호 시인은 자연 교감을 통해서 많은 시를 창작할 수 있는 존중받는 자연인이라고 할 수 있다.

우덕호 시집 『꽃샘바람』은 그가 시인으로서 착목著目한 자연 사물에 대해서 관조하면서 연상聯想된 고차원의 인본주의(humanism)와 접맥하는 작품들이 곧 참된 삶(어둠과 울음, 기다림과 그리움 등)과 상통하는 오브제(objet)를 시의 위의威儀와 본령本領으로 명민明敏하게 근원으로 삼는 시 정신 구현에 높은 찬사를 보낸다.

그러나 호라티우스 「시론」처럼 시는 아름답기만 해서는 안 된다. 우리들의 마음을 뒤흔들 수 있어야 하고 읽는 이(또는 듣는 이)의 영혼을 뜻대로 이끌어 나가야 한다는 언지言志에 귀를 기울일 필요가 있음도 염두에 두어야 한다.

시집 출간을 진심으로 축하한다. ✳

청옥 우덕호 시집

꽃샘바람

1판 1쇄 인쇄 / 2018년 10월 25일
1판 1쇄 발행 / 2018년 10월 31일

지은이 / 우덕호
펴낸이 / 김송배
펴낸곳 / 도서출판 시원
등 록 / 2000.10.20. 제312-2000-000047호
03701. 서울시 서대문구 연희로 11사길 16-4
전 화 : 010-3797-8188
Printed in Korea ⓒ 2006. 시원
찍은곳 / 신광종합출판인쇄
배부처 / 책만드는집 (Tel 02-3142-1585)
04022. 서울시 마포구 양화로3길 99. (지하)

ISBN 978-89-93830-33-0 03810

값 / 10,000원

❖ 잘못된 책은 바꿔 드립니다.
❖ 저자와 협의하여 인지를 붙이지 않습니다.

이 도서의 국립중앙도서관 출판예정도서목록(CIP)은 서지정보유통지원시스템
홈페이지(http://seoji.nl.go.kr)와 국가자료공동목록시스템(http://www.nl.go.kr/kolisnet)에서
이용하실 수 있습니다. (CIP제어번호: CIP2018033853)